KB082798

사소한 행복

사소한 행복

울림

흐뭇하다, 행복하다

요즘 '흐뭇하다'는 말을 자주 씁니다. 흐뭇한 일만 생기는 것은 아니지만 일부러 '흐뭇하다'며 말을 끝냅니다. 두 해 전에 『흐뭇』이라는제목의 책을 썼기 때문일까요.

장미가 피기 시작하니 흐뭇하네요. 오늘은 봄비가 흐뭇하게 내렸습니다. 올해는 큰꽃으아리가 대박났네요. 흐뭇합니다. 주문한 덤불장미 묘목을 배달받고 흐뭇해하고 있답니다.

흐뭇해서 흐뭇한 건지 흐뭇하다 해서 흐뭇해진 건지 모르겠지만 억지스럽게 흐뭇하다 흐뭇하다 하고 있습니다. 그런데 수필집 『사소한 행복』이 나오니 또 흐뭇하네요.

요즘 귀감 반응이 놀랍습니다. 이것도 정말 흐뭇하네요. 지리산 골짝으로 귀농한 지 어느덧 이십 년, 한 우물 꾸준히 파다 보니 다른 건 몰라도 곶감 하나는 누구보다 잘 만들게 되었습니다. (귀감은 제가 만드는 무유황 곶감의 브랜드입니다.)

『사소한 행복』은 지리산 골짝에서 소박하게 살아가며 쓴 소소한 이야기가 반이고, 귀감을 만들며 쓴 이야기가 반입니다. 재밌고 행복했던 이야기가 반이고, 멋모르고 좌충우돌했던 이야기가 반입니다. 귀감 가족들의 응원과 격려 덕분에 책으로 엮어진 이 이야기들이 팍팍한 세상살

이에 음악이 되고 웃음이 되었으면 좋겠습니다.

지리산 엄천골에서

유진국

차례

2악장 ● 라르고

3악장 ● 미뉴에토

4악장 ● 알레그레토

allegro

1악장 ● 알레그로

낫 한 자루 들고
감나무 과수원으로 가는 길에
달콤한 꽃향기가 훅하고 밀려온다.
파도처럼 훅훅 얼굴을 덮친다.
아직 찔레는 피지 않았고
아카시아 꽃은 더더군다나 멀었는데
이 달콤한 향기는 뭐지?

삼중 협주곡

삼중 협주곡 하면 베토벤이 제일 먼저 떠오른다. 아니 유일하게 떠오른다. 베토벤의 피아노 바이올린 첼로와 오케스트라를 위한 삼중 협주곡은 각 독주자들의 완벽한 기교와 호흡을 요구하는 곡이라 앨범도 그리 많지 않은데, 휴일 저녁 아내가 이 까다로운 트리플 콘체르토를 완벽하게 연주해내었다.

봄비가 오락가락하는 해거름에 아내는 밀가루 반죽에 오징어랑 새우 말린 걸 갈아 넣고 제일 먼저 두릅전을 한 장 부쳐냈다. 아름다운 악장이었다. 와인 한 잔에 두릅전

봄비가 오락가락하는 해거름에 아내는 밀가루 반죽
에 오징어랑 새우 말린 걸 갈아 넣고 제일 먼저 두릅
전을 한 장 부쳐냈다. 아름다운 약장이었다.

을 먹고 나자 두 번째로 쪽파전을 한 장 부쳐내더니, 연달아서 두릅, 쪽파, 부추를 섞어 부쳐내는데 2, 3악장을 이어서 연주하는 트리플 콘체르트를 먹는 감동이었다. 밀가루 반죽이 조금 모자랄까 염려했는데 딱 맞아떨어졌다.

사위도 안 준다는 '첫물' 부추의 현란한 기교로 바이올린을 연주하고 텃밭에서 갓 캐낸 쪽파로 피아노 건반을 두드리더니 살짝 데쳐낸 두릅으로 첼로의 중후한 향기를 더하며 완벽한 조화를 이루니 내 입이 기립박수. 앵콜을 요청하고 싶었는데 밀가루 반죽이 떨어져서 아쉬운 마음으로 설거지를 해야만 했다.

브라키오사우루스

더도 말고 덜도 말고 요즘 같은 날씨만 이어졌으면 좋겠다. 눈부시게 화창한 봄날이다. 춥지도 덥지도 않은 딱 알맞은 기온에 공기는 미세먼지 하나 없고 맑으니 숨 쉬기 편하다. 요즘은 조금 건조하다 싶으면 농비가 때맞춰 내려주어 감나무 새순이 예쁘게 나온다. 이런 날을 기다렸다는 듯 꽃들은 한꺼번에 피고 있다. 라일락, 메이플, 보리수, 모과, 명자, 철쭉까지 다투어 피고 장미도 벌어지려고 서둘러 꽃몽우리를 부풀리고 있다. 코로나로 인해 괜히 맘만 설레게 했던 벚꽃은 지고 겹벚이 이어서 핀다. 정원을 가꾸는 사람은 이 겹벚이 피기를 기다린다. 겹벚이 피어야 화단에 꽃모종을 안심하고 옮길 수 있기 때문다. 이맘때 피는 끈끈이 대나물이나 겹벚이 피기 전에 옮기면 꽃샘추위로 여린 모종이 얼 수도 있다. 나는 항상 앞마당 돌담 앞에 겹벚이 터지는 것을 보고 난 뒤에야 화원에 가서 꽃모종을 업어 오고 지난해 갈무리했던 꽃씨도 뿌린다.

화창한 봄날 수리가 민들레 밭에서 꼬리를 잔뜩 세우고 당당하게 걷는 뒤태가 브라키오사우루스다. 하늘을 찌르는 꼬리가 기분을 잘 표현하고 있다. 이 유머러스한 모습을 찰칵해서 블로그에 올렸더니 공룡 DNA가 변이를 일으켜 피부가 털로 된 모양이라는 너스레와 진짠줄 알고 깜짝 놀랐다는 즐겁고 유쾌한 댓글들이 포도송이처럼 주렁주렁 달렸다. 실체를 공개하자면 이 녀석은 거세냥 부랄리스사우루스일 뿐인데 말이다.

지난 휴일에는 아내랑 뒷산에 봄나물 캐러 가는데 이 브라키오사우루슨지 부랄리스사우루슨지 좌우지간 느긋한 사우루스 한 녀석이 어슬렁어슬렁 따라다녔다. 통통하게 살이 쪄 덩치만 더 키우면 옷 입은 것까지 영락없는 호랑이라며 아내랑 하하호호 웃었다. 따라다니다 졸리면 옆

화창한 봄날 수리가 민들레 밭에서 꼬리를
잔뜩 세우고 당당하게 걷는 뒤태가 브라키
오사우루스입니다. 하늘을 찌르는 꼬리가
기분을 잘 표현하고 있습니다.

으로 드러누워 자기도 하고 그야말로 세상 시간을 다 가진 듯했다.

베르나르 베르베르의 고양이 사전에 개는 먹을 것을 주는 사람을 신으로 생각하는데, 고양이는 사람이 먹을 것을 주면 자신을 신으로 생각한다고 한다. 개와 고양이를 처음 키워본 사람이라면 무릎을 치며 고개를 끄덕이게 하는 명언이다. 우리 집 양치기 개인 사랑이와 오디 그리고 길냥이 출신 수리, 서리, 꼬리를 보면 이 명언의 풀이를 보는 듯해서 미소가 지어진다. 사랑이와 오디는 밥 먹을 때는 물론이고 간혹 간식이라도 주면 꼬리를 선풍기처럼 돌리며 고마워하는데 이 고상한 척하는 고양이들은 집사가 식사를 차리는 것이 당연하다는 듯 전혀 고마워하는 기색은 보여주지 않고 거들먹거리기만 한다. 게다가 2년째 숙식을 제공받으면서 아직도 경계의 끈을 놓지 않는 꼬리는 솔직히 유감스럽다. 이쯤 하면 이제 다가와서 발목에 목덜미라도 한번 비벼줄 만도 한데 여전히 곁을 주지 않는다.

개를 키운다고 하면 고양이는 모신다고 하는 게 맞는 거 같다. 나는 애교 많고 충직한 양치기 개 두 마리를 키우고 있다. 그리고 고상한 척 거들먹거리는 고양이 세 마리를 모시고 있다. 개는 우정 어린 눈길로 고개를 치켜들고 꼬리를 치며 어떻게든 호감을 표현하려고 애쓰고, 고양이는 데크 난간 위나 뒷마당 장독 위, 감나무나 모과나무 가지 위, 흔들 그네 지붕 위에 올라가서 도도하게 내려다보며 하품이나 쩍쩍한다.

불편한 동거

감나무는 차라리 이파리가 꽃이다. 봄 사월 하순이면 연초록 이파리가 아기 미소로 방긋방긋 웃으며 꽃인 양 피어난다. 유월에 하얀 것이 꽃이랍시고 피기는 하지만 이맘때 피는 매혹적인 이파리에 비할 바가 못 된다.

낫 한 자루 들고 감나무 과수원으로 가는 길에 달콤한 꽃향기가 훅하고 밀려온다. 파도처럼 훅훅 얼굴을 덮친다. 아직 찔레는 피지 않았고 아카시아 꽃은 더더군다나 멀었는데 이 달콤한 향기는 뭐지? 두리번거리며 찾아보니 솜방망이 노란 꽃이 군락으로 피어 있고 치렁치렁 흔들리

노란 양지꽃이 여기저기 뭉텅뭉텅 피어 있고 애기똥
풀 드문드문 보이지만 향기가 어디서 오는 건지 모
르겠다. 며칠 전부터 산책 중 아내가 "향기가 난다~
향기가 난다~" 했는데 이게 그 향기인 모양이다.

는 상수리나무 꽃술은 봄을 응원하는 치어리더 같다. 노란 양지꽃이 여기저기 무더기로 피어 있고 애기똥풀 드문드문 보이지만 향기는 어디서 오는 건지 모르겠다. 며칠 전부터 산책 중 아내가 "향기가 난다~ 향기가 난다~" 했는데 이게 그 향기인 모양이다.

감나무마다 새순이 앙증맞게 나왔다. 장대 낫 휘두르며 덤불 정리하는데 콧등을 스치며 꿩이 솟구치는 바람에 깜짝 놀랐다. 하마터면 밟을 뻔했다. 그런데 내가 장대 낫을 휘두르며 두어 시간 동안 소란을 피웠는데 왜 여태 도망을 안 갔을까? 엉큼하게 덤불 속에 머리만 박고 있으면 들키지 않으리라 믿었을까? 아님 혹 알을 품고 있었나 싶어 감나무 아래 수북한 덤불을 헤적여보니 과연 둥지에 파르스름한 알이 가득 있다.

앗싸~ 이게 웬 횡재냐? 꿩 먹고 알 먹기라는데 비록 꿩은 날아가버렸지만 큼직한 알이 12개나 되는구나. 기특하기도 하지. 그래 고맙게도 꿩은 한꺼번에 알을 한 다스나 낳는구나 하고 흐뭇한 마음으로 득템해서 모두 간장조림 해 먹었다 라고 하면 그 농부 그래 안 봤는데 참 쪼잔하네~ 할 것이다.

아무리 내가 과수원 주인이고 밭이 내 이름으로 등기가 되어 있다지만 이런 경우엔 참 미안하다. 세든 손님이 알을 품고 있는데 나는 그것도 모르고 계속 소란을 피워댔고 하마터면 장대 낫으로 덤불에 가려진 둥지를 칠 뻔했다. 대참사가 날 뻔한 것이다. 나는 얼른 인증 샷 한 장 찍고 덤불을 원상 복구해 놓고 집으로 왔다(마침 일이 하기 싫어 꾀가 난 농부가 알을 품다 피신한 까투리 핑계 대고 일찍 마쳤다는 거다).

꿩알은 계란처럼 3주 품어야 부화된다고 한다. 까투리가 언제 알을 낳고 포란을 시작했는 지는 모르겠지만 감나무 아래에 둥지를 트는 바람에 한동안 서로가 불편한 동거를 이어가게 되었다. 순전히 내 짐작이긴 하지만 지난주엔 날씨가 추웠기 때문에 아마도 알을 낳은 지 며칠 되지 않았을 것이다. 따라서 나는 최대 3주까지 조심해야 할 것이다. 아무쪼록 서로가 사회적 거리두기를 잘 실천해서 좋은 성과를 봐야 할 것이다. 정원에 꿩이 날아들면 재수가 있다고 하고, 보리밭에서 꿩알을 주우면 풍년이 든다고 한다. 까투리도 부화에 성공해 꿩병이 열두 마리 모두 잘 키우고 나도 올해 감 농사 풍년 되면 좋겠다.

장대 낫 휘두르며 덤불 정리하는데 콧등을 스치며
꿩이 솟구치는 바람에 깜짝 놀랐다. 혹 알을 품고 있
었나 싶어 감나무 아래 수북한 덤불을 헤적여보니
과연 둥지에 파르스름한 알이 가득 있다.

봄나물 이야기

봄은 노란색이라고 노래하는 꽃다지와 봄은 하얀색이라고 주장하는 냉이 사이에 싸움이 벌어졌다. 싸움은 논둑, 밭둑 그리고 강둑에서 전면전으로 번졌다. 전투에서 기세를 올리기 위해 꽃다지는 노란 꽃대를 마구마구 올리고 냉이는 하얀 꽃을 구름처럼 피웠는데, 하느님은 꽃다지 편이었다. 하느님은 냉이를 맛있게 만들고 꽃다지는 예쁘게 만들어서 봄처녀가 냉이만 모두 솎아 내게 했다. 사월이 오기 전에 냉이는 사람 뱃속으로 다 들어가고 꽃다지는 노오란 봄의 영광을 누리고 있다.

감나무 밭둑 한편에는 광대나물이 광대처럼 고개를 쑤욱 내밀고 봄맞이 한다. 어린순은 나물로 먹는다고 한다. 하지만 먹을 것이 지천인 요즘 광대나물 먹는 사람은 없는 듯한데 어쩌다 먹어봤다는 사람 말을 들으면 그 맛이 기가 막힌다고 한다. 조금 있으면 밭 가장자리에 심어둔 금낭화 새순이 올라올 것이다. 금낭화 순은 나물 중 으뜸이라고 하는데 이건 아는 사람만 안다. 맛이 은근히 중독성이 있어 못 먹어본 사람은 있어도 한 번만 먹은 사람은 없다고 한다. 굳이 심지 않아도 흔한 원추리는 이미 새순을 올렸다. 원추리 어린순은 살짝 데쳐 초고추장 찍어 먹으면 아삭아삭 감칠맛이 난다. 먹으려고 마음만 먹으면 맛난 나물이 지천인 요즘 꽃다지도 나물로 먹는다는데 논둑, 밭둑, 묵정밭을 노랗게 채색할 정도로 흔하다. 이맘때 내가 가장 좋아하는 나물은 머위다. 이곳 사람들은 머위를 머구라고 하는데 쌉싸름하고 아삭해 입맛 돋우는 데 최고다. 맛도 좋지만 몸에 좋은 성분이 많이 들어있다고 하니 당분간 식탁에 꾸준히 올려 농부네 엥겔지수를 조금이나마 낮춰보려고 한다.

지난 주말엔 꽃바람이 나서 아내랑 광양매화마을에 갔

다가 차가 막혀 꽃구경은 못하고 차 구경, 사람 구경만 실컷 하고 왔다. 오는 길에 그냥 올 수는 없다 하여 산동 산수유마을로 차를 돌렸는데 거기는 더 막혀 근처에도 못 가고 겨우 빠져나왔다. 매화를 보려면 축제 하기 전에 일찍 가는 게 좋다. 매화는 꽃이 활짝 피기 전에도 꽃이 볼 만하다. 산수유는 축제 끝나고 가도 늦지 않다. 산수유는 늦게까지 꽃이 피기 때문에 축제가 끝나고 사람이 없을 때를 골라 가면 여유 있게 즐길 수 있다. 꽃구경을 하려면 이렇게 시기가 중요한데 봄바람에 들떠 생각 없이 나서면 고생만 하게 된다. 꽃 축제 기간에는 항상 느끼는 거지만 꽃보다 사람이 더 많이 피는 것 같다.

사실 내가 사는 엄천골에도 꽃이 많이 있는데 굳이 멀리까지 차를 타고 갈 필요는 없다. 엄천강 둑길에는 생강꽃이 눈길을 끈다. 향기가 달콤하고 진하여 꽃가지를 하나 꺾어 코를 대고 킁킁하다가 장난기가 발동하여 꽃을 따서 콧구멍에 밀어 넣었더니 코, 입, 목, 눈 그리고 뇌의 구석구석까지 향기터널이 한 방에 뻥하고 뚫리는 기분이다. 생강 향기에 취하여 느긋하게 산책을 하고 집에 오니 현관 데크에 냉이가 한 봉다리 올려져 있다. 누가 갖다 놓았

봄은 노란색이라고 노래하는 꽃다지와 봄은 하얀색이라
고 주장하는 냉이 사이에 싸움이 벌어졌다. 전투에서 기
세를 올리기 위해 꽃다지는 노란 꽃대를 마구마구 올리고
냉이는 하얀 꽃을 구름처럼 피운다.

을까? 안 그래도 뒷산에 머위 캐러 쑥 캐러 갈 참이었는데 냉이까지 한 봉다리 생기니 찐봄을 배달받은 기분이다.

2악장 ● 라르고

largo

장미가 벌어지면 모든 꽃들이 진다.
큰꽃으아리는 이미 졌고
색색의 붓꽃들도 마침표를 찍고 있다.
이어지는 봄비에 작약은
큼직한 이파리를 뚝뚝 떨어뜨린다.
하지만 괜찮다. 아쉬울 거 없다.
장미가 피니 다 괜찮다.

선구불장증

감나무 과수원에 일하러 가야 하는데 오늘은 증세가 악화되어 마당에서 어슬렁거리고 있다. 해마다 이맘때면 도지는 선구불장증. 선천적 구제불능성 장미 증후군이다(병명이 길면 대체로 심각한 병이다).

장미증후군에 걸리면 일을 하지 않아도 달콤한 장미 향기만 맡으면 인생이 장밋빛으로 변할 것이라는 환상에 빠진다. 오늘은 증세가 심해져서 아침부터 장미넝쿨 앞에서 혼자 히죽거리고 있다.

그런데 장미넝쿨 속에 누가 무허가로 집을 지었다. 몰

랐는데 늘어진 장미 가지를 묶어주다가 박새가 둥지를 튼 사실을 알게 되었다. 나는 너그러운 마음으로 허락해 주었다.

새 생명의 탄생을 기다리는 마음은 나도 박새 못지않다. 알을 품는데 혹 방해가 될까 봐 장미넝쿨 앞에서 나는 매우 조심스럽다. 장미 넝쿨 앞에 수도가 있는데 솔 순을 씻으려고 고양이 걸음으로 살금살금 다가가면 박새는 개미 똥구멍만 한 눈동자를 반짝이며 나의 움직임을 예의 주시한다. 내가 웃으며 괜찮다고 해도 미덥지 않은 눈치다.

산에서 내려오는 뻐꾸기의 울음소리에 나는 문득 바쁜 계절임을 실감한다. 그래… 일을 하러 가야지… 장미넝쿨 앞에서 히죽거릴 게 아니라 감나무 과수원에 일하러 가야지… 군고구마 두 개 봉다리에 넣어가지고…

장미증후군에 걸리면 일을 하지 않아도 달콤한 장미 향기만 맡으면 인생이 장밋빛으로 변할 것이라는 환상에 빠진다. 오늘은 증세가 심해져서 아침부터 장미 넝쿨 앞에서 혼자 히죽거리고 있다.

개똥장미 정원

마당에 개똥이 굴러다니는데 주변에 치울 만한 삽이 보이지 않는다. 손에 잡히는 대로 막대기로 살살 굴리며 치우고 있는데, 지리산 둘레길 옆 우리 집을 지나가던 여성 두 명이 돌담 덤불장미 앞에서 수다를 떨고 있다.

"어머어머~ 이거 장미야~ 오모나~ 향기로와라~ 야 요기 코 대봐~ 향기 완전 진하다~" 그리고 향기를 찍기라도 하듯 스마트폰으로 연신 찰칵찰칵하더니 꽃향기에 이끌려 코를 벌름거리며 마당으로 들어온다. 돌담 아래 덤불장미가 다인 줄 알았는데 화단에 더 많은 덩굴장미들이 흐드러진 것을 보고는 탄성을 지른다. 배낭을 맨 애띤 아가씨들은 마당에서 막대기로 뭔가를 굴리며 수상쩍은 행동을 하고 있는 집주인을 뒤늦게 발견하고는 붙임성 있게 인사를 건넨다. 그리고 마당의 꽃들이 아름답다는 치사로 가택 무단침입의 죄를 퉁치려 한다.

"아저씨는 정원 가꾸기를 참 좋아하시나 봐요? 꽃들이 너무 예뻐요~" 나는 속으로 흐뭇하면서도 아무렇지도 않은 듯 "시골집은 마당이 넓으니까 꽃도 많지요~" 하고는 막대기로 개똥을 탁 쳐서 덤불 속으로 날린다. 골프를 잘 모르지만 정교한 티샷 한 방이다. 그리고 아가씨들 말대로 덤불장미 향이 정말로 진한가 싶어 슬그머니 코를 킁킁대어 보니 장미향인지 개똥향인지 나로서는 판단이 서지 않는다. 둘 중 더 어려 보이는 아가씨가 화단 앞에 무더기로 피어 있는 분홍낮달맞이를 보고는 "이거 양귀비지요?" 하며 사진을 찍는다. 분홍낮달맞이는 생명력과 번식력이 잡초보다 강하다. 뽑아도 뽑아도 올라와 포기하고 내버려두었던 것인데, 선입견을 버린 눈에는 양귀비처럼 예뻐 보이는 모양이다.

기온이 많이 올라가 정원에 필 만한 꽃은 다 피었다. 돌

"아저씨는 정원 가꾸기를 참 좋아하시나 봐요? 꽃들이 너무 예뻐요~" 나는 속으로 흐뭇하면서도 아무렇지도 않은 듯 "시골집은 마당이 넓으니까 꽃도 많지요~" 하고는 막대기로 개똥을 탁 쳐서 덤불 속으로 날린다.

담 아래 무성한 흰 덤불장미는 꽃의 색깔과 크기가 찔레와 비슷하다. 다만 겹꽃이라서 느낌이 새롭고 풍성하다. 그 옆에는 보는 사람마다 노래 속의 들장미라고 반가워하는 분홍 덤불장미가 한 무더기 피었다. 안채 동쪽으로 나 있는 창문 앞에는 십 년 넘은 덩굴장미 안젤라가 눈길을 끈다. 핑크빛 수많은 꽃송이가 불꽃놀이처럼 팡팡 터지고 그 옆에는 프랑스 백장미가 몇 송이 우아하게 피어 있다. 몽자르뎅 마메종이라는 멋진 이름을 가진 이 프랑스 백장미의 큼직한 꽃은 기품 있는 백작 부인을 보는 듯하다. 오늘 아침엔 "봉쥬르 마담~" 하고 반갑게 인사했더니 하얀 얼굴이 핑크로 살짝 물들었다. 그리고 백장미 바로 옆에 검붉은 테라코타 장미가 햇살에 꽃을 구워내기 시작했다. 테라코타는 아마 장미 중 안토시아닌이 가장 많을 것이다. 꽃밥 만들 때 테라코타를 넣으면 눈과 입이 즐겁다. 그리고 주택을 둘러 이런저런 장미들이 여남은 그루 더 있어 이맘때는 소박한 장미축제라도 해봄직하다.

올해 가장 눈에 띄는 장미는 모과나무 아래 심은 가시 없는 하얀 덩굴장미다. 자리를 잡은 지 오륙 년밖에 되지 않았지만 어찌나 잘 자라는지 고목인 모과나무의 어깨까지 감고 올라가 가지를 온통 하얀 꽃으로 덮어버렸다.

장미 하면 빨간색이 제일 먼저 떠오른다. 옛날부터 많이들 키운 재래종 빨간 장미는 소위 국민 장미다. 하지만 요즘 나오는 장미는 색깔도 모양도 다양하고 꽃도 오월에 한 번 피고 마는 것이 아니라 여름 가을까지 끝없이 피고 진다. 물론 꽃이 지면 열매가 여물기 전에 따주고 영양도 꾸준히 공급해 줘야 한다. 장미는 식성이 까다롭지 않아서 아무거나 잘 먹는데, 나는 개똥이 보이는 대로 장미에게 던져준다.

연금술사

멋진 덩굴장미 사진을 구경하다가 욕심이 나서 다섯 그루를 덜컥 주문했다. 6~7년쯤 전 일이다. 주문할 때는 가슴이 두근두근했다. 아치를 감싸고 활짝 핀 장미는 정말 그림 같았다. 그런데 막상 묘목이 배달되고 심으려고 하니 적당한 자리가 안 보였다. 묘목을 심을 만한 자리에는 유감스럽게도 이미 다른 화초와 장미들이 자리를 잡고 있었다. 할 수 없이 집 뒤 언덕에 일단 심어놓았다. 임시로 심는다고 생각했지만 빠른 시일에 옮길 수 있는 여건이 되지 않았기에 혹시 그 자리에서라도 좋은 모습으로 잘 자라주기를 바라는 마음도 없지는 않았다. 하지만 무책임했고 희망사항일 뿐이었다. 장미는 배나무 그늘에서 억척같은 잡초 덤불과 싸우느라 제대로 꽃을 피우지 못했다. 장미는 장미일 뿐 야생에서 스스로 세력을 키우는 찔레가 아니었다. 설상가상 언제부턴가 어디서 씨가 배달되었는지 주변에 찔레가 보이기 시작하더니 장미인지 찔레인지 구분이 안 갈 정도가 되어버렸다. 그래서 지난해 강아지 울타리 한편에 새로 화단을 만들고 가엾은 장미를 구조해 주었다. 이식 과정에서 세 그루는 뿌리를 내리지 못했고 두 그루만 살았다. 그리고 한 그루는 새집을 짓고 이사한 이웃 화단에 심어주고 한 그루만 남게 되었다.

오랫동안 고생만 한 이 한 그루 장미가 뒷마당에 자리를 잡은 지 올해 두 해째다. 장미는 개똥이 나오는 대로 먹더니 거짓말 하나도 안 보태고 100배로 덩치가 커졌다. (어린이날 어버이날을 맞아 장미 화단에 거름을 공급해준 사랑이 오디 모녀에게 진심으로 감사의 마음을 전한다. 그동안 똥 많이 싼다고 잔소리해서 많이 미안해~) 열악한 환경에서 대여섯 송이 겨우 피우던 장미가 올해는 백만 송이쯤 필 것 같아 보인다. 이미 호른 음색의 꽃이 피기 시

장미는 개똥이 나오는 대로 먹더니 거짓말 하나
도 안 보태고 100배로 덩치가 커졌다. 장미 화
단에 거름을 공급해준 사랑이 오디 모녀에게
진심으로 감사의 마음을 전한다.

작했는데 향기가 눈부시다. 세상에~ 나는 유월이 오기 전에 백만 송이 호른이 연주하는 협주곡을 들을 수 있을 것이다. 이렇게 멋진 장미를 모르고 방치하다니… 그동안 전혀 궁금하지 않던 이름이 궁금해서 수소문해서 알아보았더니 독일 신품종 덩굴장미 알케미스트라고 한다. 알케미스트? 연금술사라고? 이름을 듣는 순간 탄성이 터져 나왔다. 어쩜 이름도 정말 잘 지었구나~ 호른처럼 눈부시게 피는 알케미스트를 자세히 보면 왜 연금술사라는 이름이 붙었는지 알게 되고 고개가 끄덕여진다. 문득 덩굴장미 알케미스트처럼 방치하고 있었던 것이 또 없을까 하는 생각이 든다. 관심을 가지고 이름을 불러주고 사랑을 주면 연금술사처럼 나를 기쁘게 해줄 것들이 많이 있을 것이다.

이맘때 뻐꾸기 울음소리를 들은 것 같은데 올해는 지각을 하는 건지 아직 듣지를 못했다. 뒷산에서 뻐꾸기가 뻐꾹뻐꾹 울면 장미가 오렌지색으로 노란색으로 벌어졌는데 아직까지는 뻐꾸기 소리는 들리지 않는다. 아직 때가 아닌가 싶어 지난해 이맘때 일기를 찾아보니 뻐꾸기 울음소리에 장미가 벌어지고 오디가 익어 떨어진다는 글이 보인다. 아침에 잘 익은 오디에 장미를 드레싱해서 먹은 사진도 보인다. 해마다 이맘때 찾아오는 단골 파랑새 부부도 일찌감치 왔고 찌르레기 두 쌍은 곶감 덕장 처마 밑에 둥지를 틀었다. 해거름부터 늦은 밤까지 소쩍새도 울고 꾀꼬리 울음소리도 수시로 들린다. 오디는 내일이라도 익어 뚝뚝 떨어질 것 같은데 뻐꾸기 울음소리도 내일은 들을 수 있을까? 기다리지 않아도 다 때가 되면 익을 것 익고 올 것 오겠지만 오늘따라 뻐꾸기 울음소리가 듣고 싶어진다.

뻐꾹왈츠

뒷산 뻐꾸기가 운다. 뻐꾸기 울면 모든 새소리가 묻힌다. 뻐꾹뻐꾹하고 하늘 가득 울려 퍼지면 색색의 장미가 화답하여 피고 오디가 익어 떨어진다. 꾀꼬리는 맑고 고운 소리로 노래하고, 소쩍새는 소쩍소쩍 밤을 새워 시를 쓴다. 홀딱벗고새도 제법 매혹적인 리듬을 치지만 뻐꾸기가 울면 이 모든 소리는 묻힌다. 뻐꾸기는 야외 공연기획자다. 봄비 오거나 말거나 뻐꾸기 울면 음악회가 열린다.

장미도 핀다. 장미가 벌어지면 모든 꽃들이 진다. 큰꽃으아리는 이미 졌고 색색의 붓꽃들도 마침표를 찍고 있다.

이어지는 봄비에 작약은 큼직한 이파리를 뚝뚝 떨어뜨린다. 하지만 괜찮다. 아쉬울 거 없다. 장미가 피니 다 괜찮다.

오디도 떨어진다. 오디가 익으면 아침 식탁이 즐겁다. 뽕나무 아래 의자를 딛고 올라서서 오디를 한 그릇 가득 담는다. 싱싱한 오디를 드레싱하고 장미 이파리로 장식하면 향기로운 아침식사가 된다. 오디가 떨어지는 동안 과일은 좀 적게 사게 된다. 오디를 딸 때 흰옷이나 새 옷은 입지 않는 것이 좋다. 오디 물이 들면 잘 안 지워진다. 오디 먹으면 혓바닥이 까맣게 되었다가 차츰 핑크색이 된다. 문득 사십 년 전 군복무 시절 행군 대오에서 이탈하여 오디를 따 먹고 나타난 병사가 생각난다. 전방 거점까지 완전군장하고 행군하는 도중에 일병 한 녀석이 슬그머니 대오를 이탈하더니 잠시 뒤 다시 나타났는데 오디를 따 먹고 온 걸 한 눈에 알 수 있었다. "야~ 인마~ 너 행군 중에 어디로 샜어?" 야단칠 필요도 없었다. 오디 먹고 시침 떼기는 어려운 것이다. 이십 년 전 밭을 매다가 오디랑 노린재를 한 입에 털어 넣었던 슬픈 기억도 있다. 괭이질하다가 밭둑에 열린 오디를 한 줌 털어 먹었는데 땀 흘리고 목

49

뒷산 뻐꾸기가 운다. 뻐꾸기 울면 모든 새소리가 묻힌다.
뻐꾹뻐꾹하고 하늘 가득 울려 퍼지면 색색의 장미가 화답
하여 피고 오디가 익어 떨어진다.

이 말라 급히 먹느라 노린재를 미처 보지 못한 것이다. 노린재 맛이 얼마나 고약한지 먹어보지 않은 사람은 모른다. 곤충계의 스컹크 노린재를 먹으면 사흘은 모든 음식 맛이 죽음이다. 맥주를 마시면 노린재표 맥주, 된장국을 먹어도 노린재표 된장국, 밥을 먹어도 노린재 밥, 적어도 사흘은 입안에 살아 있다.

　많이 기다리던 뻐꾸기가 올해는 좀 늦게 왔다. 반가운 뻐꾸기 소리가 어제 해거름에 잠깐 들리더니 오늘은 종일 공연이 이어진다. 뻐꾸기는 한 마리만 울어도 오케스트라처럼 울려 퍼진다. 꾀꼬리는 피콜로 연주자이고 딱따구리는 드럼 연주자다. 뻐꾸기는 호른 연주자다. 새들은 모두 한 가지씩 악기를 연주한다. 하지만 뻐꾸기는 호른을 연주하면서 오케스트라를 지휘한다. 바렌보임이 피아노를 치며 런던 필하모니를 지휘하는 것처럼 말이다.

　가는 봄이 오는 여름과 손을 잡고 왈츠를 추는 아름다운 계절이다.

고객님, 당황하셨어요?

코미디 프로에서 개그 소재로 회자되던 보이스피싱이 극성이던 8, 9년 전쯤이었나 보다. 그땐 폴더폰이었는데 보이스피싱을 막기 위해 해외에서 걸려오는 전화는 발신자 번호 대신 '해외에서 걸려온 전화입니다'라는 표시가 떴다. 그런 표시가 뜨는 전화는 대부분 중국발 보이스피싱이었다.

한번은 해외전화라는 표시가 뜨는 전화를 받았는데, 대뜸 곶감을 주문하고 싶다는 것이었다. 때는 한여름이라 곶감 찾을 일이 없을 텐데 싶어 (야 인마, 너 중국에서 거는 거 다 알고 있지롱) 대꾸하지 않고 전화를 탁 끊었다. 그랬더니 또 전화가 왔다. 홈페이지를 보고 전화하는 건데 곶감을 사고 싶다는 것이다. 말 없이 전화를 툭 끊으면 보통 포기하는데 좀 질긴 녀석이다 싶어 "곶감 없어욧!" 하고 거칠게 끊었다. (이쯤 하면 지도 기가 죽었겠지. 흐흐)

그런데 놀랍게도 2년 뒤 프랑스에 거주하는 여름촌댁 딸이 고향에 왔다가 우리 집에 놀러 와서 이 이야기를 꺼내는 것이었다. 자기가 일하는 프랑스 리용의 일식집 사장이 한국인이라 고국 생각이 날 때 가끔 내 홈페이지를 보고 향수를 달래는데, 한번은 갑자기 곶감이 먹고 싶어 전화를 했다는 것이다. 그런데 곶감 없다며 어떤 나쁜 놈이 사납게 전화를 끊더라는 것이다.

나는 뒤늦게 여름촌댁 딸을 통해 백배 사과하고 사과의 뜻으로 건조가 잘된 곶감을 보냈다. 그리고 앞으로는 아무리 보이스피싱으로 짐작되는 전화도 신중하게 받기로 했다.

지난겨울 해운대라며 곶감 10봉지를 보내달라는 전화를 받았다. 문자로 주소를 보내고 전화가 두 번 더 왔는데 그날 꼭 발송해 달라며 돈은 걱정 말라고 해서 돈 걱정 않

고 보냈다. 그런데 배송 안내 문자를 보내고 나니 전화를
안 받는다. 알고 보니 인터넷으로 농산물 파는 사람치고
이런 사기에 걸려보지 않은 사람이 없었다. 이런.

그래서 나는 앞으로 입금 전에 배송을 요청하는 사람에
게는 아래 소정의 서류를 제출받고 발송하기로 결심했다.

– 외상상환계획서 1부
– 주민등록등본 1통
– 인감증명서 1통
– 재산세납부증명서 1통
– 근로소득원천징수영수증 1통
– 건강검진기록부 사본 1통

이상은 기본 서류이고 주문 금액이 10만원을 초과할 때
는 추가 서류가 있다.

– 사업자등록증 사본
– 사업자등록증이 있는 보증인 3명의 인감증명서
– 초등학교 생활기록부 사본

나는 뒤늦게 여름촌댁 딸을 통해 백배 사과하
고 사과의 뜻으로 건조가 잘된 곶감을 보냈다.
그리고 앞으로는 아무리 보이스피싱으로 짐작
되는 전화도 신중하게 받기로 했다.

달빛 밟기

말이 씨가 된다더니 댓글이 씨가 되었다. 댓글 한 번 함부로 다는 바람에 비 내리는 밤길을 여섯 시간이나 걷게 되다니…

SNS에 한 회원이 지리산 둘레길 후기를 올렸는데 마침 그게 우리 집을 찍고 가는 구간이었다. 반가운 마음에 이 엄청강변 길은 보름에 달빛을 밟고 걸으면 참 바삭바삭하다는 댓글을 달았다. 늦은 밤 엄천강변을 걷다가 강에 빠진 보름달이 보기 좋았던 기억에 자랑질 하느라 달아본 댓글이었다. 그런데 무심코 단 이 댓글이 씨가 되어 그 회원의 가슴에 싹을 틔웠다. 그 회원은 엄천강 달빛 밟기를 친구들이랑 하고 싶다는 답글을 달았고, 나도 기회가 되면 기꺼이 같이하겠다고 했는데, 이것도 사실은 맞춰본 장단이었다. 서울 사는 사람이 정말 밤길을 걸으려고 지리산까지 내려오리라고는 생각지 않았다. 그런데 그 회원은 정말 달밤에 걷겠다며 친구 4명이랑 내려왔고, 나도 내가 한 말에 책임지느라 마을 친구 박털보를 꼬셔 일곱 명이 용유담에서 화계리까지 걷게 되었다.

사실 우리 일곱 밤도깨비가 기대했던 것은 『메밀꽃 필 무렵』에 나오는 흐뭇한 달빛 밟기였는데, 가는 날이 장날이라더니 밤새 비가 오락가락했다. 그것도 시작부터 세차게 내려 포기하자는 말까지 나오게 되니 서울서 내려온 길동무들은 완전 울상이 되었는데, 다행히 잠시 비가 그친 틈을 타서 무작정 걸음을 내디뎠다.

하늘이 온통 구름으로 덮여 있었는데 신기하게 밤길이 어둡지는 않았다. 그 이유를 곰곰이 생각해 보니 반투명 효과였던 것 같다. 달빛이 창호지를 뚫고 방안을 은은히 비추듯, 구름을 뚫고 엄천강 밤길을 밝혀주었던 것이다. 출발은 했지만 또다시 비가 내려 세동마을 정자에서 한참

한 회원이 지리산 둘레길 후기를 올렸는데 마침 그게
우리 집을 찍고 가는 구간이었다. 반가운 마음에 이
엄청강변 길은 보름에 달빛을 밟고 걸으면 참 바삭바
삭하다는 댓글을 달았다.

비를 피하다가 문정으로 이어 걷는데 강 건너 골짝마을 풍경이 수묵화다. 옹기종기 모여 있는 마을 불빛들이 사방으로 빛의 투망을 던져 산 구름을 잡고, 보이지 않는 달빛은 구름을 투과하여 희미하게 산 능선을 그린다.

문정에서 내가 사는 운서 동지골을 지나는데 잠깐 보름달이 얼굴을 내밀었다가 다시 구름 뒤로 들어가버린다. 마치 너무 바쁘고 귀하신 몸이 행사장에 나타나 인사만 하고 가는 것 같다. 일행은 적송 숲길을 지나 내리꽂히는 경사길로 미끄러지듯 내려가 운서 강둑길을 걷는다. 그리고 운서 소연정에서 잠시 쉬었다가 구시락재를 힘겹게 넘어 동강마을로 들어선다. 동강 정자에서 다시 세차게 내리는 비를 피하고 자혜리 강둑길을 걸어 엄천강 하류인 화계리로 걸음을 이어가니 새벽 4시가 넘었다. 비가 오면 정자로 피했다가 비가 그치면 걷고, 장장 6시간을 걷거니 쉬거니 한 것이다.

일행은 화계에 미리 준비해 두었던 친구 박털보의 트럭을 타고 용유담에 주차된 차를 찾으러 돌아갔는데 10분도 안 걸렸던 것 같다. 6시간짜리 테이프가 10분 만에 되감기되는 동안 나는 트럭 짐칸에 거꾸로 앉아 까무룩 잠이 들었다. 침을 흘리며 꿈을 꾸었는데 어린 시절 동네 친구들과 달빛을 밟으며 철둑길을 걷는 꿈이었다. 반백 년 내 인생을 되감기하는 달빛 어린 꿈이었다.

3악장 ● 미뉴에토

menuetto

단풍이 울긋불긋해지면
엄천골 농부들은 감을 깎는다.
하필 단풍이 절정인 시기에
곶감을 깎느라 고생하니
유감스럽기도 하지만
차가운 바람이 불기 시작하면
마음은 급해진다.

사소한 행복

간밤에 잠을 설쳤다. 추우면 이불 하나 더 덮고 자면 될 것을 지난여름 폭염에 힘들었던 기억을 떠올리며 차가운 기운을 살짝 즐기고 싶은 생각이 들었나 보다. 엄마의 젖가슴을 파고 들어온 아기의 차가운 고사리손 같은 반가움이라고나 할까? 나는 불쑥 찾아온 찬 바람을 껴안고 이리저리 뒤척였다. 이제 잠자리에 들 때는 창문을 닫고 이불도 조금 두꺼운 걸로 덮어야겠다.

아침저녁으로 쌀쌀해지고 감이 어른 주먹만큼 굵어지니 또다시 곶감 깎을 생각에 마음이 설렌다. 지난여름 두

달 동안 농업기술센터에서 브랜딩 패키징 교육을 받으며 곶감 브랜드를 개발했다. 맛과 위생에서 귀감이 되는 귀한 곶감이라는 '귀감'을 특허청에 상표 출원했고, 전문 디자이너에게 의뢰해서 로고도 만들었다. 그리고 프리미엄 이미지에 어울리는 패키지도 만들었다.

　이십 년째 곶감을 만들며 해보고 싶은 것이 있었다. 하지만 엄두가 나지 않았고 마음뿐이었는데 이제는 해봐도 될 것 같은 자신감이 생겨 한번 해보려고 한다. 나는 이 세상 모든 종류의 감을 곶감으로 만들어 보고 싶었다. 한 상자 안에 고종시, 대봉시, 재래고종시, 반시, 단성시, 둥시, 수시 등 모든 감으로 말린 곶감을 모아 담아 여태까지 보지 못했던 작품을 만들어 보려고 한다. 감은 성질이 다 다르기 때문에 한 사람이 많은 종류의 곶감을 제대로 말리고 숙성시키기는 쉽지 않다. 그래서 다들 자기 지역에서 수확되는 감을 깎아 말리는 게 보통이다. 예를 들면 함양, 산청에는 고종시, 상주에는 둥시, 청도에는 반시, 함안에는 수시 등등이다. 농부들은 자기 지역에서 나오는 감이 세상에서 제일 맛있다고 자랑한다. 다들 임금님께 진상했던 곶감이라고 한다. 나는 욕심을 내어 세상에서 제일 맛

만들 수 있는 모든 종류의 곶감을 한 상자 안에 담아보
려고 한다. 단순히 재미나 호기심으로 하는 것이 아니라
브람스나 말러처럼 교향곡을 만든다는 진지한 마음으로
제대로 된 곡을 써보려는 것이다.

있다고 하는 그 모든 곶감을 한번 만들어 보려고 한다.

이렇게 모든 종류의 곶감을 담은 상자는 음악으로 치면 교향곡이 될 것이다. 나는 여태 고종시 곶감과 대봉 곶감을 주로 만들었다. 선물 상자에도 고종시는 고종시끼리 대봉시는 대봉시끼리 같은 종류의 곶감만 담았는데 이제는 고종시, 대봉시뿐만 아니라 반시, 둥시, 단성시, 수시 등등 만들 수 있는 모든 종류의 곶감을 한 상자 안에 담아보려고 한다. 단순히 재미나 호기심으로 하는 것이 아니라 브람스나 말러처럼 교향곡을 만든다는 진지한 마음으로 제대로 된 곡을 써보려는 것이다.

'말러 교향곡 1번'이라고 이름 지어질 상품은 4개의 악장을 표현할 곶감으로 구성해야 할 것이다. 1악장은 고종시로 주제를 표현해야 할 것이고 4악장에는 건조가 잘된 대봉 건시가 어울릴 것이다. 바이올린 소나타에 피아노 반주가 들어가듯 고종시 소나타에는 대봉곶감이 사이사이 들어갈 것이고, 아름다운 영감이 떠오르면 고종시와 대봉시 그리고 반시를 위한 삼중 협주곡도 만들 것이다.

내가 이 야심찬(?) 프로젝트를 매년 우리 집 곶감을 깎아주시는 절터댁 아지매에게 귀띔했더니 "씰데없는 짓 하지 말고 고마 하던 대로 하소~" 한다. 사람은 하던 대로 해야 하는 법이라고 한다. 맞는 말이다. 하지만 나는 이 '씰데없는 짓'을 해보려고 한다. 내가 곶감을 깎아 돈을 벌면 얼마나 벌 것이며 쓸데없는 짓 하다가 손해를 보면 또 얼마를 잃을 것인가? 아무도 가지 않는 길을 걸으며 사소한 행복이나마 한 번 찾아보려는 것인데 말이다.

초상권과 저작권

　곶감 깎을 철이 되어 며칠째 덕장에서 바삐 움직인다. 새봄맞이 대청소라도 하듯 살짝 들뜬 기분이 되어 묵은 먼지를 털어내고 바랜 시간의 찌꺼기를 씻어낸다. 감을 덕장에 주렁주렁 매달아줄 행거와 채반을 소독하고 칼도 잘 벼린다. 비록 과일 깎는 작은 칼이지만 곶감 농부에게는 청룡언월도다.

　해마다 곶감 작업을 도와주시는 절터댁 아지매는 우리 집 감 박스를 보고 "성격 나온다~" 하며 놀린다. 감을 담는 노란 플라스틱 상자가 항상 새것처럼 깨끗하다고 내가 마치 결벽증이라도 있는 양 놀려대는 것이다. 한때 나는 곶감 시즌이 끝나는 봄에 이 감박스를 엄천강 수로에 반나절 담갔다가 수세미로 박박 문지르곤 했다. 버들가지 눈 뜨는 봄날에 강가에서 빨래하듯 하던 이 작업을 이제는 집에서 힘 안 들이고 한다. 엄청 큰 고무 다라이에 물과 락스를 넣고 감박스를 반나절만 담가놓으면 새것처럼 깨끗해진다. 물로 한 번 헹구기만 하면 되니 손바닥에 물집 잡힐 일은 이제 없다.

덕장 바닥까지 광이 나도록 닦아내고 마지막으로 무엇보다 중요한 감 박피기를 정비한다. 한나절에 수천 개의 감을 깎아주는 고마운 자동 박피기는 아예 종합 검진을 한다. 굳이 이럴 필요까지 있나 싶을 정도로 (진짜 결벽증?) 나사 하나하나 다 분해해서 닦고 조이고 술을 먹인다. 보통 기계는 잘 돌아가라고 윤활유를 먹이지만 식품 기계라 기름 대신 소주를 먹인다. 자동 박피기가 종합 검진 결과 모든 항목에서 정상 A(건강 양호)로 판정되도록 세심하게 여기저기 손질한다.

곶감용 감을 수확하는데 올해는 아들 둘이 소매를 걷어붙이고 도와주니 정작 나는 힘쓸 일이 없다. 흐뭇한 마음에 아들 자랑이 하고 싶어 잘생긴 얼굴을 찍어 SNS에 올리려고 하는데 초상권 침해라고 못 하게 한다. 무슨 소리야~ 내가 저작권잔데… 하고 큰소리 쳐놓고는 몰래몰래 찍는다. 감홍시에 달려든 말벌을 찍는 척하며 무거운 감박스를 끄덕끄덕 들어 올리는 큰아들을 찍는다. 감나무 밭에 흐드러진 산국을 찍는 척하며 홍시를 먹으며 환하게 웃는 작은아들 얼굴에 초점을 맞춘다. 건장한 아들이 둘이나 도와주니 올해는 곶감을 좀 더 많이 깎아볼까 하는 욕심이 슬그머니 생긴다. 올해 곶감을 두 배로 깎아도 아들이 도와주니 힘은 별로 안들 것이고 그 곶감을 다 팔고 나면 나는 분명 부자가 되어 있을 것이다.

그나저나 단풍이 절정이다. 감나무 이파리도 울긋불긋하고 지리산 골짝은 색색의 활엽수들로 그림이다. 유감스럽게도 단풍은 내가 제일 바쁠 때 절정이다. 나도 단풍 드는 나이가 되니 이맘때 산이 친구처럼 느껴진다.

곶감용 감을 수확하는데 올해는 아들 둘이 소매를 걷어
붙이고 도와준다. 흐뭇한 마음에 아들 자랑이 하고 싶어
잘생긴 얼굴을 찍어 SNS에 올리려고 하는데 초상권 침해
라고 못 하게 한다. 무슨 소리야~ 내가 저작권잔데…

마스크 뒤에 숨은 미소

자리댁 친정 아버지 당숙모가 절터댁 남편 6촌 형수라고 한다. 그러면 자리댁과 절터댁의 관계는?

곶감 작업 8일 차, 꼭두새벽부터 자리댁을 태우고 절터댁을 픽업하러 엄천강변을 달리는데 자리댁이 어제 밤늦게 절터댁과 통화하고 화해했다고 한다. "따지고 보면 지캉 내캉은 남도 아닌기라~ 우리 친정 아버지 당숙모가 즈거 남편 6촌 형수거든~" 정말 다행스러운 일이다. 오늘은 점심도 먹을 수 있고 곶감도 평화롭게 깎을 수 있을 것이다.

평생지기이자 곳감 깎기 찰떡콤비인 절터댁과 자리댁이 어제 다퉜다. "꼭지를 그래 삐자놓으면 시간만 낭비제~ 제대로 쫌 해봐바~" 무심코 툭 던진 자리댁의 말 한마디에 절터댁이 삐치는 바람에 두 사람은 점심도 안 먹고 티격태격 오후 내내 가재미눈을 떴다. "나는 오늘 점심 생각 없다~" 골이 난 절터댁이 점심을 안 먹겠다고 선언하니 자리댁도 밥을 먹지 못했다. 곳감 작업은 보통 힘든 일이 아니기 때문에 잘 먹어도 시원찮을 판에 허기진 채 일을 하니 일이 제대로 될 리 없었다. 중간에 낀 나도 덩달아 점심을 굶게 되었다. 아무 것도 아닌 사소한 말 한마디에 모든 사람이 밥까지 굶을 필요는 없었기에 나 혼자 몰래 먹을까 생각도 했지만 분위기상 그러지 못했다. 다 해놓은 밥을 먹지 못하니 배를 굶어도 등이 시원할 지경이었고 느슨하게 이어진 오후 작업은 활력을 잃었다.

　처음엔 그 냉랭한 분위기를 눈치채지 못했기에 작업이 왜 이리 손발이 맞지 않을까 답답해했다. 우리는 방역당국의 지침을 준수하여 마스크 쓰기를 성실히 실천하고 있었기에 마스크에 가려진 절터댁의 심통을 알아차리지 못했다. 그런데 어쩐지 작업은 자꾸 엇박자를 내고 있었고 나는 그냥 이어지는 작업에 고단해서 그러나 보다 싶었는데 마스크로도 가려지지 않는 가재미눈을 얼핏 보고는 감을 잡았다.

오후 참 먹을 시간을 분위기를 바꿔볼 수 있는 절호의 기회라고 판단한 나는 따끈따끈한 빵, 바나나, 자몽차, 귤까지 먹거리를 잔뜩 내어 갔지만 서로 눈치를 보며 절 터댁은 차 한 잔, 자리댁은 귤 하나 까 먹는둥 마는둥 하 는 바람에 나도 차만 한 잔 마시고 배고픈 오후 작업을 이 어갔다.

"어제는 정말 배가 고파 죽는 줄 알았어~ 나는 밥을 조 금씩 자주 먹는 편인데 지가 안 먹으니 내 혼자 먹을 수가 있나~ 따지고 보면 지캉 내캉은 남도 아닌기라….."

엄천강 이쪽저쪽 마을에서 해방 전에 태어난 두 분은 평생 이웃사촌일 뿐만 아니라 자리댁 아버지의 누구누구 가 절터댁 남편의 누구누구라고 한다. 그렇다면 두 분은 도대체 얼마나 가까운 친척이 되는 걸까 싶어 가계도를 머 릿속에 그려보았는데 내가 촌수에는 워낙 젬뱅이라 그리 다 말았다. 끝까지 그렸으면 정말 흥미로운 그림이 되었을 것이다.

비온 뒤에 땅이 굳는다고 다투고 화해하고 나니
오늘 아침은 희희낙락이다. 마당에는 프랑스 장미
테라코타가 두 송이 피었는데 마스크 뒤에 숨은
자리댁과 절터댁의 미소만큼 아름답다.

비온 뒤에 땅이 굳는다고 다투고 화해하고 나니 오늘 아침은 희희낙락이다. 마당에는 프랑스 장미 테라코타가 두 송이 피었는데 마스크 뒤에 숨은 자리댁과 절터댁의 미소만큼 아름답다.

이 두 송이가 올해 마지막 장미가 될 것이다.

대봉곶감 이야기

　대봉감은 곶감으로 말리기가 어렵다. 감이 워낙 크기 때문에 그렇다. 그래서 시중에 대봉감으로 만든 건시는 만나기 어렵다. 현재 유통되는 것은 대부분 반건시다. 하지만 반건시도 잘만 만들면 달콤하고 부드럽기 때문에 많이 사랑받고 있는데, 특히 어린 아이나 이빨이 안 좋으신 어르신들에게는 반건시가 선호되고 있다. 그리고 기호에 따라 곶감보다 반건시를 더 좋아하는 사람도 많이 있다.

　내가 만드는 곶감의 반은 대봉곶감이고 나머지 반은 지리산 지역 특산물인 고종시 곶감이다. 이미 말했듯이 대봉감은 말리기가 쉽지 않기 때문에 나도 처음엔 고종시만 깎았다. 그러다 십 년 전부터 대봉감도 잘만 하면 곶감이 되지 않을까 하는 호기심에 매년 시험 생산을 했다. 첫해엔 버린다 생각하고 두 상자, 둘째 해엔 배운다 생각하고 열 상자, 그다음 해엔 투자한다 생각하고 서른 상자… 이렇게 매년 양을 늘려가며 대봉곶감 말리는 노하우를 보석 캐듯 캐냈는데 역시나 이게 쉬운 일이 아니었다.

4년 전에는 자신이 생겨 의욕적으로 대봉곶감 왕특 사이즈를 많이 깎아 덕장 한편에 가득 매달았는데 감을 지탱하던 굵은 대나무가 큰 대봉감의 무게를 견디지 못하고 와장창 부러지는 바람에 잘 말라 가던 대봉곶감이 와르르 쏟아지는 대참사(?)를 겪었다. 커다란 대봉감이 쏟아지는데 어찌나 황당한지 입이 딱 벌어졌다. 쓰나미가 따로 없었다. 그다음 해엔 대봉감을 깎지 않았다. 하지만 한 해 쉬었다가 나는 구겨진 용기를 펴고 다시 도전했고 여전히 이런저런 어려움을 겪으며 노하우를 조금씩 축적해서 지난해부터는 생산량의 절반을 대봉감으로 채우고 있다.

최근 2년은 대봉곶감 반응이 너무 좋아 그동안 힘들었던 기억은 싹 잊어버렸다. 대봉 곶감을 주문한 사람은 두

"고종시와 대봉 중 어떤 게 더 맛있습니까?" 나는 이 두 종류의 곶감을 매일 먹고 있지만 이 질문은 받을 때마다 고민스럽다. 나에게 장미가 예쁜지 모란이 예쁜지 물으면 둘 다 예쁘다고 말할 수밖에 없다.

번 놀라는데, 크기에 한 번 놀라고 맛에 또 한 번 놀란다.

대봉곶감은 말리기도 쉽지 않지만 감의 자연스런 때깔을 유지하기가 정말 어렵다. 더군다나 나는 곶감 말리는 방식에 있어 나만의 원칙과 고집이 있기 때문에 더더욱 어렵다. 한해는 때깔 유지가 어려워 아예 대봉은 흑곶감으로 만들어볼까 하고 시도했다가 망한 적도 있다. 흑곶감도 때깔이 자연스럽게 나와야 하는데 이것도 결코 만만치가 않았다.

어쨌든 지금도 대봉곶감 말리는 일은 여전히 어렵고 힘이 들지만 올해는 선물용으로 손색이 없는 좋은 대봉곶감이 만들어졌다. 때깔이 다 좋게 만들어지는 것은 아니기에 거뭇한 것들은 분을 살짝 내어 가정용 곶감으로 저렴하게 내고 있다.

곶감이 제철인 요즘 나는 이런 질문을 많이 받는다. "고종시와 대봉 중 어떤 게 더 맛있습니까?" 나는 이 두 종류의 곶감을 매일 먹고 있지만 이 질문은 받을 때마다 고민스럽다. 사실 나도 그게 궁금하다. 만약 내가 선물로 곶감을 받는다면 어떤 걸 받고 싶을까? 고종시와 대봉 중 숙성이 가장 잘된 것끼리 당도를 측정하여 접근하면 답이 나올 수도 있겠지만 곶감은 기호식품이고 사람에 따라 주관적인 평가는 다르게 마련이다. 어떤 사람은 "나는 고종시가 훨씬 더 맛있어요~" 하고, 또 어떤 사람은 "대봉곶감 먹으니 눈이 번쩍 뜨이더라~" 하며 친지들에게 대봉곶감을 선물로 돌린다. 장미를 좋아하는 사람이 있고 모란 마니아가 있다. 나에게 장미가 예쁜지 모란이 예쁜지 물으면 둘 다 예쁘다고 말할 수밖에 없다.

곶감 명장

TV에서 치즈를 기가 막히게 잘 만드는 치즈 명장의 성공 스토리를 보며, 만일 곶감도 명장이라는 게 있다면 내가 그 영예를 한번 안아보고 싶다는 생각이 들었다. 하지만 유감스럽게도 곶감 명장이라는 건 없는 모양이다. 치즈는 워낙 소비가 많은 식품이지만, 곶감은 겨울 한철 반짝하는 기호식품이라 곶감 잘 만든다고 명장이라고 부르지는 않는 모양이다.

국가에서 97개 분야에 15년 이상 종사한 최고의 숙련기술자에게 부여하는 명장 목록에 곶감은 들어 있지 않다.

혹시나 하고 조사해 보았는데 역시나였다. 만약 혹시나 어쩌면 도대체 좌우지간 그런 게 있다면 내가 한번 도전해 보고 싶은데 말이다.

맞는 통계인지는 모르겠으나 우리나라에 곶감 만드는 사람이 오륙천 명이라는데, 곶감 명장으로 인정을 받으려면 0.1% 안에 들어야 할 것이다. 만약 그런 게 있다면 말이다. 다시 말해서 우리나라 수천 명의 곶감농부 중 다섯 손가락 안에 들어야 곶감명장이라고 불릴 만하다는 거다.

곶감은 때깔을 좋게 하고 곰팡이를 방지하기 위해 대부분 유황을 훈증해서 만들고 일부는 무유황으로 만들기도 하는데, 나는 그 일부가 하는 방법을 고집하고 있다. 그러다 보니 때깔 좋고 맛있는 곶감 만들기가 처음에는 쉽지가 않았다. 초창기에는 무유황 곶감 만든답시고 까마귀처럼 시커먼 곶감을 만들어 많이 버렸는데, 포기하지 않고 매년 연구하다 보니 (돈을 버리다 보니) 시행착오 끝에 이제는 유황 훈증하지 않고도 때깔 좋고 맛 좋은 곶감 만드는 기술을 익히게 되었다. 세상에 공짜는 없는 법이다.

최고의 숙련기술자에게 부여하는 명장 목록에
곶감은 들어 있지 않다. 만약 혹시나 어쩌면 도
대체 좌우지간 그런 게 있다면 내가 한번 도전
해 보고 싶은데 말이다.

맛의 정진

　단풍이 울긋불긋해지면 엄천골 농부들은 감을 깎는다. 하필 단풍이 절정인 시기에 산에 가기 좋은 때에 곶감을 깎느라 고생하니 유감스럽기도 하지만 차가운 바람이 불기 시작하면 마음은 급해진다.

　상강에 무서리 된서리 내리고 장독 뚜껑 고인 물에 살얼음이 얼면 곶감 깎는 농부들은 "아이구 어깨야~" 하며 무거운 감 박스를 나른다. "아이구 허리야~" 하며 감 깎는 일에 매달린다. 그리고 덕장에 주렁주렁 매달린 감을 보고 "아이구야~ 저 많은 감을 내가 다 깎았네~" 하며 뿌듯해

한다.

"올해는 얼마나 깎을겨?" "난 쬐끔만 할 거야~" "쬐끔? 얼마나 쬐끔 할 건데?" "한 닷 동?"

엄천골 농부들은 이웃이 올해 곶감을 얼마나 깎는지 관심이 많다. 근데 닷 동이면 결코 쬐끔이 아니다. 한 동이 백 접, 한 접은 백 개니 다섯 동이면 자그마치 오만 개다. 덕장에 감 오만 개를 깎아 걸려면 다리에 오토바이 엔진이라도 달아야 할 지경이다.

지난겨울엔 자리댁이 깎고 절터댁이 손질하고 내가 매달았다. 매다는데 웃음이 막 나왔다. 감을 행거에 줄줄이 꿰어 매다는 일은 집중력과 체력을 요하는 일로 혼자서는 감당하기 힘든 일이다. 그런데 혼자 하면서도 힘든지 모르고 달았다. 감을 쉽게 매달 수 있는 신형 행거가 나온 것이다. 작업이 그렇게 쉬울 수가 없었다. 신형 행거는 감 두 개를 동시에 걸 수도 있다. 예닐곱 살 어린 아이들이나 생각해 낼 수 있는 단순한 디자인의 혁명. 야홋~ 하고 소리 지르고 싶은 걸 참으며 속도를 내고 있는데 자리댁과 절터댁이 몰래 킥킥거리고 있었다. 뭐지? 혹시 내 흉이라도 보고 있는 건가 싶어 슬그머니 다가가보니 참말로 낮

곶감 깎는 농부들은 "아이구 어깨야~" 하며 무거운 감 박스를 나른다. "아이구 허리야~" 하며 감 깎는 일에 매달린다. 그리고 덕장에 주렁주렁 매달린 감을 보고 "아이구야~ 저 많은 감을 내가 다 깎았네~" 하며 뿌듯해한다.

뜨겁게 생긴 감을 보고 낄낄거리고 있다. 장난기가 발동하여 내가 등 뒤로 가서 뭘봐욧~ 하고 등을 탁 치니 옴마야~ 배꼽 잡고 넘어간다.

감이 덕장에 걸리면 지리 상봉에서 얼음으로 만든 화살바람이 내려온다. 높은 봉우리에서 사스레나무, 당단풍, 가문비나무, 함박나무 이파리를 떨구고 이 골짝 저 골짜기를 스쳐온 바람은 산자락의 은행과 벗나무 단풍을 어루만지고 곶감 덕장에 머무른다. 그러면 옷 벗은 감이 덕장에 매달린 채 흔들리다 노란 은행단풍이 들고 다시 붉은 벗단풍이 든다. 이렇게 단풍이 든 감은 단단했던 자아를 놓아버리고 그 깊이를 알 수 없는 맛의 정진에 들어간다.

4악장 ● 알레그레토

내가 곶감을 깎아 돈을
벌면 얼마나 벌 것이며
쓸데없는 짓 하다가
손해를 보면 또 얼마를
잃을 것인가?
아무도 가지 않는 길을 걸으며
사소한 행복이나마
한번 찾아보려는 것이다.

곶감 먹으면 머리가 좋아진다

또 한 해가 간다. 예전엔 가면 가는구나… 오면 오는구나… 했는데 요즘은 매년 느낌이 다르다. 우습지만 가는 해를 말리고 싶다. 새해가 시작되려면 동지가 지나야 하고 크리스마스도 지나야 하지만 (그리고 무엇보다 눈이 내려야 하지만) 곶감 농가의 새해는 이것저것 기다릴 것 없이 햇곶감이 나오는 지금이라고 할 수 있다.

며칠 전부터 후숙 중인 고종시 곶감을 매일 한 개씩 두 개씩 맛을 보고 있었다. 그런데 오늘은 아내가 탄성을 지르며 "더 말릴 거 없어~ 지금이야~"라고 해서 더 이상 망

설이지 않고 포장을 시작했다. 포장하자마자 기다리던 고객에게 배송까지 하고나니 이제 정말 새해가 시작되는구나 싶다. 첫눈도 아직 내리지 않았는데 말이다.

일찍 깎아 말린 고종시 곶감은 어느새 맛이 들었지만 대봉 곶감을 늦게까지 깎느라 피로가 아직 가시지 않은 터라 고종시 햇곶감도 사실은 좀 천천히 출하하고 싶기는 하다. 하지만 기다리는 사람 마음은 또 그렇지가 않다.

지난봄 감나무를 포함한 대부분의 과수들이 냉해를 입었고 여름에는 장장장장마에 태풍까지 겹쳐 감 작황이 평년의 30%밖에 되지 못했다. 곶감 깎을 감을 수확하는데 나무에 열매가 띄엄띄엄 달려 있다 보니 이 나무에서 몇 개 수확하고 저 나무에서 또 몇 개 수확하느라 유감스럽게도 인건비가 두 배로 들었다. 감이 절대적으로 부족해서 이웃 농가에서 사 가지고 오는데 가격이 평년의 딱 곱이었다.

올해 대부분의 곶감 농가에서는 곶감을 깎아야 되나 말아야 되나 고민했을 것이다. 결국 대부분의 곶감 농가는 생산량을 줄였다. 올해는 감이 없고 비싸니 내 밭에 난 것만 깎고 만 것이다. 나도 원가 부담에 어쩔 수 없이 생산

곶감이 기억력과 학습 능력을 향상시킨다는 것이
다. 한마디로 아이들에게 공부하라는 잔소리 그만
하고 곶감을 먹이라는 말이다.

량을 지난해보다 30% 이상 줄일 수밖에 없었다. 곶감은 원료 감 가격이 올랐다고 가격에 반영하기는 어렵다.

사실 곶감만큼 가성비 높은 과일도 흔치 않다. 동의보감에 나와 있는 곶감의 일고여덟 가지 효능은 차치하고 곶감이 인지 기능 향상에 효능이 있다는 사실이 최근 과학적으로 증명되었다고 한다. 곶감의 다양한 효능은 오래전부터 알려져 왔지만, 뇌 과학 분야에서 구체적인 효과를 입증한 것은 이번이 처음인 것 같다. 산림청 국립산림과학원과 경상대 교수팀이 곶감이 인지 기능 및 기억력 형성에 관여하는 신경전달물질인 아세틸콜린의 감소를 억제할 수 있다는 것을 입증했다고 한다. 곶감이 기억력과 학습 능력을 향상시킨다는 것이다. 한마디로 아이들에게 공부하라는 잔소리 그만하고 곶감을 먹이라는 말이다.

곶감은 중년층이 어렸을 때 외할머니가 만들어준 곶감을 추억하며 많이 주문하는데 사실은 공부하는 학생들이 많이 먹어야 할 과일이다. 이번 연구에서 곶감에 항산화 기능과 면역력을 강화시켜 주는 비타민C가 100g당 130mg 함유돼 있는 사실도 새로 규명됐다고 하는데 이는 사과와 시금치보다 2배, 연시(홍시)보다 6배 이상 높은 수치라고 한다. 알고 보면 곶감이야말로 슈퍼 푸드다.

동안거

곳감 깎을 철이 되어 덕장에 쌓아둔 감을 내리는데 상자 안에 야생벌 세 마리가 꼼짝도 않고 붙어 있다. 나는 '이것들이 여기서 뭘 하는 거지?' 하며 탁탁 털어냈다.

거실 창에도 이름 모를 벌레 한 마리가 꼼짝도 않고 붙어 있다. '이것이 여기서 뭘 하는 거지? 며칠째 움직임이 없으니 죽은 거겠지' 하고 다가가 보았다. 돋보기를 끼고 가만히 보니, 아! 더듬이가 조금씩 움직인다. 땅 색의 갑옷을 입은 이 벌레는 죽은 것이 아니라 정진에 들어간 것이다. 물 한 방울 안 마시고 용맹 정진하는 모습을 보니 내가 감상자에서 털어낸 야생벌 세 마리가 오버랩되었다. 아, 그것들이 안거에 들어간 것도 모르고……

이제 동안거에 들어갈 때이다. 벽송사에서는 스님들이 벽을 보고 안거에 들어가고, 곶감 덕장에서는 감들이 옷을 벗고 바람에 흔들리며 정진에 들어간다. 바람이 차가울수록 감은 오묘한 맛의 진리를 깨칠 것이다.

곶감 깎을 철이 되면 살짝 흥분된다. 추수 끝나면 농한기라지만, 엄천골 농부는 찬바람 불면 농번기다. 무서리 한두 번 내리고 우는 아이 볼때기처럼 감이 빨갛게 익으면 깎아서 덕장에 주렁주렁 매단다.

곶감 농사를 오래 하면서 우연히 알게 된 것이 있다. 우연히 알게 된 것이라고 하지만 거저는 아니었다. 어찌 보면 당연하고 별스럽지도 않은 이 소박한 상식 하나를 얻기 위해 나는 십수 년 동안 많은 감을 버렸다. 곶감은 말리는 게 아니라 숙성시키는 것이었다. 사람들은 바람이 부니 감이 잘 마른다고 한다. 사람들은 감이 마르면서 단맛이 생긴다고 한다. 사람들은 곶감을 먹으며 "그래, 감은 이렇게 말려야 제맛이지" 한다. 뭐 진짜 맛있는 곶감을 먹어보지 못한 사람에게는 건조만 잘된 곶감도 맛있게 느껴질 수 있다. 하지만 잘 말린 곶감이 아닌, 잘 숙성된 곶감을 먹어 보면 생각이 달라지게 된다.

잘 숙성된 곶감을 먹어보고, "아, 이건 옛날 곶감 맛이 네요" 하는 사람도 있고 "돌아가신 외할머니 생각이 나네 요" 하며 추억에 젖는 사람도 있다. "혹시 곶감에 꿀을 바른 거 아닌가요?" 하고 너스레를 떠는 사람도 있다. 다 고 개가 끄덕여진다. 옛날 곶감은 정말 그랬다. 옛날 날씨는 곶감을 말리면서 동시에 숙성을 시켜주었기에 외할머니가 시골집 처마 밑에 매달아두었던 곶감에서는 꿀맛이 났던 것이다. 옛날에는 사흘 춥고 나흘 따뜻했다. 꿀곶감을 만 들기 위한 날씨의 황금비율이었다. 곶감은 하늘이 선물한 맛의 오르가슴이다.

옛날 곶감은 정말 그랬다. 옛날 날씨는 곶감을 말리면서 동시에 숙성을 시켜주었기에 외할머니가 시골집 처마 밑에 매달아두었던 곶감에서는 꿀맛이 났던 것이다.

옵션

아파트를 한 채 사야겠다. 옵션을 잘 보고 아내와 나에게 맞는 집을 사려고 한다. 도시에서 아파트 팔고 그 돈으로 지리산 골짝에 집을 짓고 이십 년째 살고 있는데, 지금 살고 있는 시골집을 팔아서 다시 아파트를 사려고 한다.

지난 11월 덕장에서 한창 곶감을 깎고 있는데 농사용 전기가 나갔다. 전기 나가고 감 박피기가 작동을 멈추니 올 스톱이다. 놉을 셋이나 쓰고 있는데 말이다. 집에 전기나 수도 같은 것이 고장이 나면 세상에서 제일가는 기계치인 나는 정말 당황스럽다. 아파트에 살 때는 관리사무소에서

다 알아서 해주었지만 일반 주택 그것도 지리산 골짝 마을 산 아래 첫 집에 사는 나는 내가 관리소장이다. 하지만 내가 할 수 있는 일은 거의 없다. 즉시 전기 공사 업체에 전화를 했더니 몇 가지 물어보고는 전신주 퓨즈가 나간 것이니 한전으로 전화를 하라며 친절하게 전화번호까지 알려준다. 알려준 번호로 전화를 하니 고맙게도 직원 두 명이 즉시 출동해서 전신주에 올라가 해결해 주었다. (아파트에 살면 내가 그렇게 당황하지 않아도 될 일이었다)

구정을 앞두고 곶감 택배 포장하느라 바빠 똥도 못 누고 있는데 가정용 전기가 나갔다. 전기가 나가니 냉장고, 난방 보일러 등등 모든 게 스톱이다. 현관 신발장 안에 숨어 있는 두꺼비집을 열고 떨어진 차단기를 올렸더니 일초도 안 되어 다시 떨어진다. 두 번 세 번 다시 올려봐도 마찬가지다. 지난번 농사용 전기 나갔을 때가 생각나 이번에는 바로 한전으로 전화를 했더니 민간 전기 업체에 연락을 하란다. 실내에 누전이 되어 차단기가 떨어지는 것이니 한전에서 할 일이 아니라는 것이다. 그래서 전기 업체에 연락했더니 읍에서 기술자 세 명이 달려와 누전의 원인을 찾아주었다. 심야전기 온수통에 누수가 생겨 누전으로 차단기가 떨어진 것이다. 온수통은 보일러 업체에서 수리를 하든지 교체를 하든지 하면 될 것이다. 다른 실내 전기는 모두 사용이 가능하도록 조치가 되었다. (하지만 아파트에 살면 내가 이렇게 당황하지 않아도 될 일이다)

보일러 업체에 연락은 했지만 해결이 될 때까지 따뜻한 물을 못 쓰게 되니 설거지하는 데 손이 시리다. 샤워도 못 하고 아내가 데워준 물 한 냄비로 얼굴은 씻었는데 머리 감을 물은 없다. 그렇다고 머리를 안 감을 수가 없어 그냥 찬물로 머리를 감는데 이게 그냥 찬물이 아니고 얼음물이다. (아파트에 살면 내가 얼음물로 머리 감을 일이 없을 것이다)

아파트를 한 채 분양받기로 결심하고 이런 저런 옵션을 검토해 보는데 유감스럽게도 내가 원하는 옵션을 갖춘 집이 없는 것 같다. 내가 원하는 옵션은 봄여름가을 덩굴장미가 피는 정원이 있을 것, 개와 고양이가 안전하게 돌아다닐 수 있는 공간이 있을 것, 앞으로 강이 보이고 뒤에는 산이 있을 것, 그리고 봄에는 뻐꾸기 울음소리를 들을 수 있을 것 같은 사소한 것들인데, 이런 옵션을 갖춘 아파트는 없는 것 같다. 나는 다른 건 다 양보해도 포기할 수 없

아파트에 살았을 때는 관리사무소에서 다 알아
서 해주었지만 일반 주택 그것도 지리산 골짝 마을
산 아래 첫 집에 사는 나는 내가 관리소장이다.

는 마지막 옵션이 있는데, 봄에 뻐꾸기 울음소리는 꼭 들어야 한다.

유감스럽지만 마지막 옵션을 포기할 수 없어 아파트는 없던 일로 하고 지금 살고 있는 산골짝 집에 그냥 눌러앉기로 했다.

곶갑

요즘 오픈마켓에서 주문이 많이 들어온다. 네이버에 '지리산농부 귀감'이라는 스마트 스토어를 만든 지 얼마 되지 않았는데 예감이 좋다. 지난주 연휴에는 밤늦은 시간인데도 갑자기 주문이 많이 들어와 뭐지? 했는데 판매자 등급이 '파워'로 올라가 있었다. 이건 순전히 짐작이지만 스토어 등급이 올라갈 때 기념(?)으로 노출을 많이 시켜 축하(?)해주는 것이 아닐까 싶다. 아니면 우연일지도 모른다. 삼일절 연휴를 잘 보낸 많은 사람들이 백 년 전 태극기를 든 선열의 뜻을 기리며 귀감을 주문했을지도 모른다. 어느

곶감을 말리는 것은 바람이지만 곶갑을 만드는 것은 햇볕이다.
곶감은 건조가 아니고 숙성이라는 말인데, 곶감을 오랫동안 만
들어온 농부는 그렇지그렇지~ 하고 맞장구를 칠 것이다.

쪽이든 다 고마운 일이다.

나는 요즘 주문서 확인하는 재미에 빠졌다. 연식이 오래되어 밤에 자주 깨는 나는 자다가 눈이 떠지면 베개 맡에 있는 스마트폰을 톡톡톡 건드려본다. 주문서 확인은 게슴츠레한 눈으로 왼쪽 엄지손가락 세 번 꼼지락거리면 된다. 뭐가 보이면 바로 발주 확인에 체크를 하고 흐뭇해한다. (농산물 판매 정말 쉽구나… 이렇게나 재밌는 걸 진작 할 걸…)

많이 나가니 후기도 많이 올라오는데 곶감을 곳갑이라고 쓴 한 줄 후기가 보인다. "진짜 곳갑이네요. 맛있어요." 첨엔 오타구나 하고 넘어갔다가 어쩌면 고객의 재치가 아닐까 하는 호기심이 생겼다. 오타라면 'ㅁ'과 'ㅂ'의 자판 위치가 이웃일 거라는 쓸데없는 궁금증으로 발전하여 컴퓨터 자판을 들여다보니 이웃이다. 그런데 스마트폰에서는 이웃이 아니다. 요즘 주문의 대부분이 모바일에서 이루어지고 있기에 후기 답글을 달면서 슬쩍 물어볼까 싶었지만 그냥 서로에게 좋은 쪽으로 생각하기로 했다. (이런 걸 심리학에서는 확증편향이라고 한다지 아마? 큭큭)

곶감은 계절상품으로 구정 전에 대부분 팔리지만 연중

판매하는 농가가 제법 있고 나도 그중 하나다. 올해는 구정 전에 내가 깎은 감의 칠 할이 나갔고 아직 삼 할이 냉동 창고에서 맛을 더하고 있다. 곶감은 건조식품이지만 냉동실에서도 계속 후숙이 되기 때문에 시간이 흐를수록 맛이 깊어진다. 영하 20도라는 낮은 온도에서는 전혀 변화가 없을 것 같지만 냉동 창고는 일정 간격으로 서리를 녹이는 시간이 있기 때문에 그때 곶감이 몸을 풀면서 숙성도 되고 분도 난다. 그리고 최근에 알게 된 (그러니까 내가 곶감을 만든 지 이십 년이라는 결코 짧지 않은 세월을 보내고 난 뒤) 곶감 만드는 노하우가 하나 있다. 곶감을 말리는 것은 바람이지만 곶감을 만드는 것은 햇볕이다. 곶감은 건조가 아니고 숙성이라는 말인데 일반인은 쉽게 와닿지 않을 수 있지만 곶감을 오랫동안 만들어온 농부는 그렇지그렇지~ 하고 맞장구를 칠 것이다.

얼마 전 고객이 톡톡에 자연 건조한 곶감이냐는 질문을 올렸다. 자주 하는 질문이다. 물론 "네~ 자연 건조입니다"라고 간단하게 답해도 틀린 말은 아니지만 요즘은 자연 건조에 플러스 알파가 있어야 된다. 예전에는 감을 깎아 바람 잘 부는 청정 덕장에 걸어만 놓으면 되었지만 요

즘은 온난화로 인한 이상 기후와 미세먼지에 대응해 설비
를 적절하게 활용할 줄 아는 특별한 노하우가 있어야 곶감
을 만들 수 있다.

말러 교향곡 1번

지난가을의 꼬리를 잡고 시작한 곶감 작업은 겨울 내내 이어졌다. 그럴 수만 있다면 따뜻한 봄날에 했으면 좋으련만, 유감스럽게도 이 일은 추워져야 할 수 있는 일이다. 호된 추위에 곶감이 얼었다 녹기를 반복해야 제맛이 들기 때문이다.

엄천골 곶감농가의 하루는 겨울 해가 솟기도 전에 시작된다.

"내일은 새벽 5시에 데리러 와. 어차피 내는 그 시간에 깨어 잇응께로, 빨리 시작하고 빨리 끝내자고."

"아이고, 아지매. 너무 빨라요. 저는 그 시간에 죽어도 못 일어나요."

이렇게 작업 시간 가지고 밀당을 한다. 일찍 시작해서 일찍 마치고 오후에 다른 볼일을 보자는 거다.

지난겨울엔 건장한 아들이 도와주어 큰 도움이 되었다. 아들은 일손만 덜어준 게 아니라 스마트폰에 연결해서 음악을 들을 수 있는 성능 좋은 무선 스피커를 하나 가지고 왔다. 음악은 스마트폰에서 선곡하지만 스피커를 통해 나오는 소리는 장난이 아니다. 참말로 멋진 세상이다. 별로 비싸지도 않은 주먹만 한 스피커 하나가 작업 환경을 완전히 바꿔놓은 것이다.

유튜브에서 말러의 1번 교향곡을 고르니 덕장 안이 국립극장이 되었다. 오케스트라의 웅장한 울림에 덕장에 가득 매달린 곶감이 바르르 떨며 마른다. 내가 말러를 편애하니 아내는 말러를 듣고 곶감이 잘 '말러'라고 말러만 듣느냐고 놀리는데, 말러의 1번 교향곡을 들으면 봄기운이 느껴져 반복되는 단순 작업을 하는 나에게 큰 위안이 된다. 겨울 추위에 떨면서 일을 하지만 마음은 봄과 함께하는 것이다.

젖소에게 음악을 들려주면 우유 생산량이 늘어난다고 한다. 오이에게도 음악을 들려주면 오이가 더 잘 자란다고 한다. 귀가 있는 동물은 그럴 수도 있다 치더라도 귀가 없는 식물이 음악을 듣고 반응한다는 것은 선뜻 이해가 되지는 않는다. 하지만 비록 귀는 없지만 음악의 파동이 식물의 세포벽을 자극하면 의미 있는 변화를 만들어낼 수도 있을 것이다.

그렇다면 내가 듣는 말러의 음악이 덕장에 매달린 곶감의 세포벽을 자극하여 곶감의 맛에 긍정적인 영향을 줄 수도 있지 않을까? 곶감은 입이 없어 말을 못하니 그렇다 아니다 대답을 할 수가 없다. 그래서 나는 고객에게 한번씩 물어본다. "이 곶감은 국립덕장에서 말러 음악을 들려주면서 말렸는데 일반 곶감과 다른 점이 있습니까?" 하고.

사실 내가 듣고 싶은 대답은 "말러 음악을 들려주며 말린 곶감을 먹으니 입안에 교향곡이 울려 퍼지네요"이지만, "음악을 들려주며 말린 곶감이라니, 참 장삿속도 가지가지네요"라고 대답한다 해도 불만은 없다. 어차피 추운 겨울에 일도 힘들고 한번 웃자고 너스레를 떨어보는 거니까.

유튜브에서 말러의 1번 교향곡을 고르니 덕장 안이
국립극장이 되었다. 오케스트라의 웅장한 울림에
덕장에 가득 매달린 곶감이 바르르 떨며 마른다.

귀감

베토벤 피아노 소나타 1번 1악장을 글랜 굴드 연주로 들어본다. 바렌보임 연주로도 들어본다. 20세기 최고라는 스비아토슬라프 리히터 등 여러 대가들의 연주도 있지만 베토벤의 피소 1번 연주는 크게 두 가지로 구분이 된다. 하나는 글랜 굴드 연주 그리고 또 하나는 안 글랜 굴드(바렌보임, 리히터… 등등의) 연주.

바렌보임이 랑랑에게 "너는 왜 베토벤이 내기를 원했던 모든 소리를 내지 않느냐" 했다는데, 글랜 굴드는 베토벤이 원했던 소리 외 악보에 기록할 수 없었던 흥거운 기분까지 읽어낸 것 같다. 바렌보임이나 리히터의 연주가 창으로 보는 아름다운 풍경이라면 굴드의 연주는 창을 열고 나가서 꽃나무 아래서 향기를 맡으며 흥에 겨워 어깨를 들썩이는 것 같다. 알레그로 제1 주제와 제2 주제가 세 번 반복되는데 리히터나 바렌보임의 연주는 계곡물 흐르듯 빠르게 흘러가는 반면, 굴드의 연주는 봄의 정원에서 여유롭게 꽃을 구경하고 향기를 맡고 흥에 겨워 어깨도 들썩이는 움짤이다. 당시 25살이었던 베토벤이 내기를 원했던 소리와 느낌까지 굴드는 알고 있다.

지난겨울은 굴비 아니 굴드와 친하게 지냈다. 굴드의 바흐, 베토벤 연주는 음악을 잘 모르는 사람도 쉽게 다가갈 수 있어서 평소 지루하게 들리던 음악까지 즐겁게 들린다. 덕분에 겨울 내내 그리고 봄까지 이어진 곶감 포장을 힘든 줄 모르고 끝낼 수 있었다. 글랜 굴드와 함께 하는 작업은 시간 단위로 진행되는 것이 아니라 음악 형식을 갈아타며 흘러간다.

눈이 내리는 겨울 아무 날 또는 바람 부는 어떤 맑은 날 오전 9시, 10시, 11시 세 시간 곶감 포장하는 것이 아니라 알레그로, 라르고, 미뉴에토, 알레그레토, 미뉴에토, 프레

스티시모로 시간이 흐르는 것이다. 잘 말라 달콤해진 곶감이 음악이 흐르는 대로 주제와 부주제와 변주를 갈아타고 포장재 속에 자리 잡는 것에 귀를 기울이고, 연주가 끝나면 상자를 냉동 창고로 옮겨 차곡차곡 쟁여둔다. 그리고 그날의 귀감 작업 일지에 오전 몇 시부터 오후 몇 시까지가 아니라 "귀감1호 32상자 / 바흐 인벤션 1번부터 16번까지 / 굴드, 말러 교향곡2번, 5번 / 아바도…"로 메모한다.

훌륭한 연주는 작업자의 힘을 덜어주고 작업의 질도 높여준다. 귀감에 대한 고객의 베스트 후기를 보면 나는 좋은 음악을 들려준 연주가에게 보내는 관객의 환호와 박수가 떠오른다.

왜냐하면 좋은 후기를 읽을 수 있는 것이 좋은 음악의 도움이 있었기 때문이니까.

유튜브에서는 세상의 모든 음악을 들을 수 있지만 광고 때문에 번거롭다. 한동안 스마트폰으로 음악을 듣다가 중간중간 광고로 끊기는 시간이 많아 작업장에 아예 오디오를 갖다놓았더니 다양한 음악 옵션에 작업의 질도 높아진다. 굴드의 베토벤 피소 시디도 들을 수 있고 FM에서 소개하는 귀한 음반도 들을 수 있어 좋았다. 덕분에 작업은

훌륭한 연주는 작업자의 힘을 덜어주고 작업의 질도
높여준다. 귀감에 대한 고객의 베스트 후기를 보면
나는 좋은 음악을 들려준 연주가에게 보내는 관객의
환호와 박수가 떠오른다.

모두 마무리되었고 이제는 냉동 창고에 쟁여둔 귀감을 하나씩 택배 포장하는 일만 남았다.

앞마당 산수유와 목련꽃은 바람에 떨어지고 홍매가 절정이다. 벗나무 꽃봉오리가 벌어지는 이때 감나무는 가지치기를 해줘야 한다. 이렇게 한 해 농사가 끝나고 또 한 해 농사가 시작된다.

사소한 행복

초판 1쇄 발행 2021년 11월 10일

지은이 유진국
펴낸이 이성수
주간 김미성
편집장 황영선
편집 이경은, 이홍우, 이효주
디자인 신솔, 진혜리
마케팅 김현관

펴낸곳 올림
주소 서울특별시 양천구 목동서로 77 현대월드타워 1719호
등록 2000년 3월 30일 제2021-000037호(구:제20-183호)
전화 02-720-3131
팩스 02-6499-0898
이메일 pom4u@naver.com
홈페이지 cafe.naver.com/ollimbooks

ISBN 979-11-6262-049-6 03810